Édition : « Rêveries de Zannazook » : El Liam Gonzalez, 5 au sable fin,
33620 SAINT-MARIENS, FRANCE

Impression : BoD – Books on Demand, In de Tarpen 42, Norderstedt
(Allemagne)
Impression à la demande

ISBN : 978-2-494534-00-1
Dépôt légal : Novembre 2022

Zannazook

L'Enlèvement d'Juléé

Conte Vert

En mémoire de Bruno Latour qui a éclairci nombre de mes intuitions philosophiques et dont les propositions métaphysiques ont été le terreau de mes Contes Verts.

Pour les terrestres de tous lieux et les oprimé·es en tous genres à qui j'espère donner la place et la voix qui leur sont dues sur la Terre qui nous a fait naître.

Pour toustes celleux qui sont charmé·es par la fantaisie et le merveilleux, qui, je l'espère, trouveront en ces pages, plaisir et matière à penser.

Les Contes Verts

Dans mon monde, Sylâme, les contes verts, comme l'histoire de l'enlèvement d'Iuléé, que je vous expose ici, sont des mythes et légendes de bien avant notre temps. Ce sont des contes philosophiques qui viennent questionner nos relations et nos attachements aux autres, à nos émotions, notre humanité, aux multiples vivants et non-vivants avec lesquels nous coexistons. Ils portent généralement un regard écologiste à visée émancipatrice et terrestre. Ils pourraient ainsi éclairer notre chemin, à la lumière des parallèles liant ce passé mythique, notre présent moribond et un avenir que nous pourrions, peut-être encore, construire radieux pour nous et celleux qui viendront après.

Zannazook

***

*****

Aelfina était encore jeune lorsqu'elle les rencontra la première fois. Les vifs, comme elle les appela, étaient si rapides qu'elle ne les voyait que rarement. Elle n'avait jamais vu de marcheurs qui leur étaient semblables. Ceux-ci avaient quatre membres, mais ne se tenaient généralement que sur deux. Des deux autres, ils effleuraient feuilles et troncs, caressaient les pierres, gouttaient les pétales et les voiles de rosée. De ces premières et fugaces rencontres naquit une fascination mutuelle entre les vifs et Aelfina.

Cependant, les vifs restaient distants, leur attraction pour elle était mêlée à de la peur. De sombres histoires se murmuraient au sein du clan : Aelfina se servait de son immense pouvoir pour charmer et tromper, attirant les personnes inattentives et déraisonnables jusqu'à elle. Celles qui l'ont suivie ne sont jamais réapparues, transformées en arbres ou en bêtes sauvages, condamnées à attendre l'éternité ou à se jeter avec fureur sur leurs anciens amis.

Longtemps, le clan des vifs prit donc soin de maintenir cette distance, alliée d'un respect teinté d'effroi, campant aux abords de la forêt et ne s'aventurant guère à plus de quelques mètres de la lisière. L'enlèvement d'une de leurs femmes allait changer cette situation à tout jamais.

*****

Iuléé était une jeune femme vivace et aventureuse, elle aimait passer du temps à contempler la beauté du monde. La robe mordorée du ciel lunaire constellé de perles émeraude, les sentiers convergents tracés sur les feuilles par d'invisibles et minuscules êtres magiques, la délicatesse des épis d'avoine sauvage. Par-dessus tout, elle aimait la forêt, la présence transcendante des immenses arbres qui parvenaient, par quelque mystère, à vivre à la fois sous terre et dans les cieux. Les contes à propos d'Aelfina la retenaient à peine de s'enfoncer au milieu des troncs millénaires, souvent, elle en parlait avec Elerif, son jeune compagnon.

— Et si les histoires avaient tort ? et si Aelfina n'était qu'une légende pour faire peur aux enfants ? Après tout, personne ne l'avait jamais vue. Ne serait-il pas temps de dépasser ces vieilles histoires pour découvrir les merveilles qui doivent se cacher au cœur de la forêt ?

— Personne ne l'a jamais vue parce que tous ceux qui se sont approchés d'elle ne sont jamais revenus, lui répondait-il alors immanquablement. Je sais que tu es curieuse et admirative des arbres, mais à t'entendre, on pourrait croire que tu es déjà sous l'influence de la Rôdeuse Invisible.

— Si c'était le cas ? lui rétorquait-elle. Si Aelfina existe vraiment et qu'elle m'enferme au cœur de la forêt, tu viendras me chercher ? Ou bien, tu as trop peur de ses pouvoirs pour suivre mes traces sur le tapis de feuilles ?

La réponse du jeune homme ne se faisait pas attendre.

— Bien sûr que je viendrai te chercher ! Je t'aime trop pour la laisser te transformer, même s'il y a peu de chance que je te retrouve ou que j'y survive.

— Moi aussi, je t'aime, Elerif.

Ce qui devait arriver finit par advenir un pâle matin, alors que la brume se dissipait encore, Elerif et le reste du clan constatèrent avec stupeur la disparition d'Iuléé. Sans doute, la Rôdeuse Invisible était à blâmer, elle avait emporté la jeune femme alors que celle-ci était partie cueillir des baies en lisière de la forêt. Il était temps pour Elerif, bouillant de désespoir, de se préparer à affronter la forêt et la ravisseuse cachée quelque part en son sein. Personne ne sera allé avec lui, les autres membres du clan essayèrent au contraire de le dissuader de cette folie, ils ne voulaient pas perdre une autre personne par les mains d'Aelfina.

Le jeune vif prit son arc, finement sculpté pour représenter les épis et fleurs de la plaine, et un carquois de flèches à pointes d'obsidienne. Dans un sac de cuir souple, il mit tout ce dont il pensait avoir besoin et quelques provisions, des noix, du pain, des baies et de la viande séchée, puis il sortit du petit campement en direction de la forêt. Les tentes légères étaient plongées dans une atmosphère silencieuse. Elerif avait le cœur lourd à la vue des regards tristes, désespérés, de ses compagnons et compagnes de vie. Peut-être était-ce la dernière fois qu'il verrait leurs visages. Leurs cheveux bruns et roux doucement portés par le vent. Leurs joues halées brillantes de timides perles de tristesse, larmes de ces yeux sombres caressées par le soleil. Personne ne voulait vraiment y penser. Il n'y eut pas d'adieu, seul le silence des âmes faisant écho au froissement des herbes sous ses pas assurés.

Arrivé en lisière de la forêt, le chasseur s'arrêta pour lancer un dernier regard sur la plaine. Les nuages de fleurs bleues et pourpres s'agrandissaient dans la vaste étendue d'herbes vertes ponctuée de quelques bosquets épineux d'où émanaient, mélodieux, mais mélancoliques, les chants de quelques tariers. « La plaine ne devrait pas tarder à jaunir maintenant », se dit-il en prenant une dernière respiration face à la chaleur des soleils qu'il allait peut-être quitter à tout jamais.

***

La forêt était si vieille que sa lisière était large. Sur quelques centaines de mètres, des buissons, de jeunes arbres et de plus vieux se mêlaient pour protéger du soleil des tapis de fleurs rose pâle et jaunes. Quelques fougères délicates effleuraient les jambes d'Elerif qui s'avançait d'un pas léger vers là où sa compagne allait généralement cueillir des baies et des champignons ou ceux où elle chantait à l'unisson avec les oiseaux. Il comprenait son attraction, ici, la forêt était magnifique. De minces rais de lumière faisaient pleuvoir des étoiles dansant sur les plantes depuis la frondaison. Ils illuminaient de couleurs jamais vues dans la plaine, bercée par les mélodies de dizaines d'oiseaux, ressemblant aux cœurs que le clan chantait autour des feux. Aidé par son regard expérimenté et ses sens alertes, il finit par marcher dans les pas de son aimée, les suivant à travers le labyrinthe de troncs et de racines fleuries.

Il s'arrêta net. Devant lui s'étendait maintenant le cœur de la forêt. Les arbres étaient vieux et grands, la lumière ne pouvait plus illuminer le sol jonché de feuilles mortes. L'atmosphère lourde et imposante qui reposait sous ces géants émanait de l'odeur âpre et douceureuse de champignons décrépis. La mort semblait rôder en silence. Son cœur courait comme un cheval au galop. La gorge serrée par la peur qui commençait à noyer son front de sueur, il fit ses premiers pas sur le tapis de feuilles. Il ne pouvait pas abandonner Iuléé à son sort.

Au-dessus de lui, outre les imposants troncs, s'élevaient de nombreuses petites branches mortes. « Comme autant de membres desséchés » se dit-il. Accentuant encore davantage l'ambiance, étouffante et surréaliste, de nécropole habitée par des êtres piégés entre la vie et la mort, écrasés par l'immobile omnipotence des tonnes de bois leur permettant de se tenir face au ciel. Le silence lourd et âpre, terreux, était soutenu par les rares cris hagards et déchirants de quelque oiseau malfaisant, hérissant les poils de la nuque d'Elerif qui retenait difficilement un sursaut. Au sol, parmi les feuilles, fleurissaient des hampes brunes garnies de clochettes rouge sombre à la manière de certaines orchidées de la plaine. Celles-ci semblaient cependant arborer comme un habit la couleur de leur plaisir pour le sang. Hormis elles, des champignons de toutes formes et couleurs s'élevaient au pied des arbres jusque bien au-delà de la tête du jeune homme. Luisants, nourrissant l'odeur du sous-bois d'un voile doux-amer écœurant. Les pas du chasseur s'avançaient à la suite de ceux de sa bien-aimée qu'il pouvait deviner dans l'épaisseur des feuilles mortes. Il remarqua avec surprise que ceux-ci étaient seuls. Iuléé se serait-elle aventurée volontairement dans cette partie de la forêt ? Elerif balaya cette pensée : « Impossible, elle devait forcément se trouver sous le charme d'Aelfina. Il faut que je me presse avant qu'il ne soit trop tard ! »

Avançant précautionneusement parmi les colosses, c'est alors qu'il la vit, tétanisé. Une immense bête d'au moins deux fois sa hauteur. Quatre pattes puissantes munies de sabots fendus et couvertes d'une épaisse fourrure noire remontant sur tout le corps. Le plus terrifiant était sa tête d'où sortaient de grandes branches torturées, comme si la rôdeuse invisible les y avait plantées là. De sa gueule sortaient de grandes canines et une épaisse fumée alors qu'elle poussa un cri strident, déchirant et rauque qui devait probablement s'entendre à des kilomètres. Les os d'Elerif vibrèrent sous sa puissance. Il se jeta à terre, la boule au ventre, la gorge serrée et le visage dégoulinant de sueur. Il rampa en direction de l'arbre le plus proche pour s'abriter derrière lui et encocha une flèche sur son arc, espérant ne pas être découvert. Il attendit, attentif aux pas de la bête dans les feuilles. Elle s'approchait lentement, mais à son grand soulagement, le jeune vif se dit qu'elle ne l'avait sûrement pas repéré et prit son mal en patience pour attendre qu'elle se tourne vers d'autres horizons.

***

Elerif se réveilla en sursaut. La bête semblait être partie, mais combien de temps avait-il dormi ? Combien de temps avait-il perdu ? La forêt était encore plus sombre que précédemment. Peut-être la nuit est-elle tombée au-dessus des arbres. Il se releva doucement, l'esprit encore embrumé, soulevant avec lui feuilles et mousses du sol, lévitant en silence dans l'atmosphère épaisse. Ramassant son arc auprès de lui, c'est alors qu'il se rendit compte de l'absence de sa besace. Balayant des yeux alentour, il ne vit que champignons et fougères poussant dans la litière profonde. Où avait-il bien pu la laisser tomber ? Le vif revint sur ses pas, attentif à tout morceau de cuir, tout en écoutant le silence forestier en quête de tout indice de présence de la bête. Impossible, malheureusement, de retrouver son sac, il se résigna alors à continuer son chemin sans ses réserves de nourriture. Il ne pouvait laisser Iuléé attendre plus longtemps et reprit discrètement la trace qui menait, semblait-il, vers le cœur de la forêt.

— Écoute la voix de la forêt. Résonna une voix dans le silence, faible et grinçante, Écoute la voix de la forêt. Laisse-toi porter par elle et ouvre les yeux. Elerif se remémora les enfants jouant à imiter les anciens du camp, mais rien, ici, ne ressemblait à un enfant. Il n'y avait pas même la présence de quelque chose qui semblait pouvoir être doté de parole.

Le chasseur avait maintenant perdu le compte des jours et des nuits passées depuis son entrée dans la forêt. Malgré la perte de sa nourriture, il avait réussi à combler sa faim grâce à la découverte de petits champignons que les siens connaissaient bien. Iels en récoltaient régulièrement en lisière.

Si la voix ne s'était pas répétée, il l'aurait mise sur le compte de la fatigue, mais il paraissait que ce soit en effet quelque chose de bien plus terrifiant.

— Aelfina ! Je ne tomberai pas sous ton charme ! Rends-moi Iuléé ! s'écria-t-il à l'intention de la voix tout en se préparant à tirer sur toute menace éventuelle.

— Cherche la lumière. Ouvre les yeux, ouvre ton cœur à la forêt et ses habitants et tu la rejoindras rapidement, lui répondit-elle dans un soupir comme une brise dans l'air immobile. Le silence, assourdissant, angoissant, était revenu.

Continuant ses déambulations parmi les colosses aux allures squelettiques, traquant les subtiles perturbations des feuilles mortes et des fleurs indiquant le passage d'Iuléé, il aperçut du coin de l'œil un bref éclat lumineux. La luciole rose se déroba cependant à sa vue dès qu'il se tourna vers elle. « Étrange, se dit-il, j'aurais pourtant juré... » Il reprit prudemment son chemin. Après environ une heure de marche, entouré de champignons formant comme un toit au-dessus de lui, le nombre de lueurs fantomatiques n'avait fait qu'augmenter. D'un rose pâle produisant un léger halo autour d'elles, on aurait dit des lucioles immobiles, accrochées dans les interstices profonds de l'écorce des arbres. Lumières de petits bateaux cherchant leur chemin dans les ténèbres nocturnes enveloppant les gorges d'une petite rivière. Impossible cependant de fixer son regard dessus. C'était comme si elles refusaient d'être observées, ne se révélant que furtivement aux yeux du voyageur curieux.

Elerif se rappela alors les légendes qui se racontaient les soirs de lunes annulaires pour effrayer les jeunes enfants. Les anciens parlaient alors de l'apparition mystérieuse de lumières dansantes, pendant le crépuscule et les ombres dans la plaine. Souvent, elle s'accompagnait de la présence de lieux étranges : des cercles d'arbrisseaux épineux, des chaos pierreux dépourvus de végétation ou encore de petits points d'eau. Attirant l'attention des personnes imprudentes, elles les conduisaient aux abords de ces exceptions paysagères qui, par un moyen inconnu, absorbaient alors leurs âmes. Laissant leurs corps inertes retourner à la plaine, une nouvelle lueur se mettait ainsi à danser au côté des autres.

***

La fatigue rattrapant le vif après de
nombreuses heures de marche, il se décida à
s'arrêter pour bivouaquer au pied d'un grand
champignon cornu, d'un rouge foncé rappelant
le sang caillé. Les branches des arbres
formaient comme une arche au-dessus de lui,
de laquelle des lianes tombaient en tenture de
feuilles larges et velues, étrange assemblage de
fourrures vertes.

Après avoir mangé quelques champignons
ramassés plus tôt, associant de légères saveurs
de bois vermoulu, de grains et de fruits verts, il
fut pris d'une étrange envie de musique.
D'abord doucement, puis avec de plus en plus

d'assurance, et d'insouciance, considérant les dangers qui pouvaient rôder dans les parages, le jeune chasseur se mit à chanter. Louant l'immensité de la plaine et du ciel, la douceur des herbes et de la brise, la fureur des éclairs et du feu. L'étrange voix qu'il avait entendue plus tôt dans la journée revint à ses oreilles, applaudissant ses talents et reprenant en boucle son conseil : « Oui, laisse-toi emporter ! Suis les lumières ! Écoute la forêt ! » Elerif préférait ne pas se soucier d'elle et prétendit ne pas l'entendre pendant que le jour laissait sa place au crépuscule.

Sous l'épaisse couverture des arbres, les ombres étaient profondes et denses, il en avait maintenant pris l'habitude, bien qu'il craignait toujours ce qui pouvait s'y cacher. Cependant, ce soir était différent. Alors que l'ombre prenait place entre les colonnes titanesques, celles-ci ne se laissèrent pas envelopper. Au contraire, une multitude de lueurs, les mêmes qu'il avait observées auparavant, mais cette fois-ci bien visibles, s'allumèrent progressivement. Les troncs semblaient avoir été recouverts de nombreuses lampes à huiles d'où émanaient de petites flammes roses, immobiles.

Immobile aussi, à quelques mètres du chanteur, un ignoble animal hirsute, allongé sur ses quatre pattes, l'observait attentivement. Doucement éclairé par les faibles halos pâles, sa fourrure tachetée était enveloppée de reflets rosés laissant à peine deviner sa couleur exacte. Peut-être des bruns et noirs ? Des ocres ? Des jaunes ? Certaines zones de son pelage apparaissaient comme raides, épineuses. C'était le cas, notamment, de sa gueule, ce qui lui donnait un air moustachu étrange surplombant des mâchoires entrouvertes laissant deviner des crocs acérés. Ses yeux brillaient quant à eux d'une lueur rouge, carnassière. Elerif se figea, tétanisé par la peur, les mots bloqués dans sa gorge lui faisaient mal. La bête se leva et commença à avancer lentement vers lui, exhibant ses crocs.

Après un court instant, le vif reprit ses esprits et se mit à reculer progressivement, faiblement, prévenant le moindre geste brusque qui énerverait le monstre. « Il pourrait engloutir ma tête en un instant » se dit-il. Son dos buta contre quelque chose, solide, granuleux, frais et légèrement humide. Il avait oublié le champignon derrière lui, impossible de reculer davantage. Son arc était hors de portée et il aurait été trop compliqué de tirer assis comme il l'était. Il ne lui restait que son couteau, mais vu la taille de l'animal cela relèverait du défi, il faudrait être rapide et précis, pour ne lui laisser aucune chance de répliquer. Il fallait donc laisser la bête se rapprocher tout près, trop près, pour pouvoir attaquer directement son cou.

Le chasseur se recroquevilla alors sur lui-même, la tête entre ses genoux, la main droite sur le couteau attaché à sa ceinture. Il attendait qu'elle soit assez près, au-dessus de lui. Son front s'était couvert de sueur et l'excitation le faisait trembler légèrement. Il n'avait pas le droit à l'erreur. Sa vie en dépendait. Celle d'Iuléé également. Après une attente qui lui parut une éternité, le monstre était finalement sur lui, il pouvait sentir son souffle dans ses cheveux tressés et sur les gouttes perlant sa nuque. C'était le moment qu'il attendait. Levant légèrement les yeux pour regarder où se trouvait sa cible, il dégaina son couteau pour frapper quand il sentit sur sa nuque le contact humide et râpeux de la langue de l'animal. Surpris de ne pas s'être fait attaquer, il retint sa main. La bête se frottait maintenant à lui doucement, comme les chats que son clan élevait pour la chasse et pour contenir les troupeaux. C'était une marque d'affection. Elerif se décida alors à porter sa main au cou de la bête pour la caresser, comme il l'aurait fait avec celles du clan. En même temps, il se mit à nouveau à chanter, provoquant les ronronnements de cet étrange chat géant et épineux. Il était donc possible de s'accorder avec les habitants de la forêt ? Il ne pouvait réprimer son bonheur, méfiant face à cette surprise qui contredisait tout ce que l'on savait depuis des générations.

— Tu vois, c'était pas si difficile ! s'exclama soudain la voix. Si tu t'ouvres à la forêt, si tu refuses à tes peurs de te montrer le chemin pour faire confiance à tes sens. Pour faire confiance à la beauté dans tes émotions et autour de toi.

Le sang du jeune chasseur frissonna et prit la température des torrents montagneux. Il venait de réaliser que la docilité de ce félin inconnu pouvait s'expliquer par une cause bien plus affreuse. Bien plus en accord avec les légendes des anciens. La joie d'Aelfina n'en était qu'une preuve supplémentaire, un catalyseur de sa prise de conscience.

Elerif fixa les yeux rouges, légèrement lumineux, délicatement marbrés de veines vertes et oranges. Il avait besoin de s'y attarder un peu, dans l'espoir, peut-être, d'y déceler un signe, un indice de la véracité de sa pensée. Puis, il se décida à parler, la gorge serrée et la tête submergée de confusion : « Iuléé ? Est-ce que c'est toi ? »

L'animal le fixa encore quelques secondes, et se mit brusquement à courir vers le centre de la forêt. Quelques secondes, suffisamment pour laisser voir au vif un éclat de compréhension, de compassion, un air presque semblable aux siens. Il rassembla ses affaires en vitesse, bien décidé à la suivre. S'élançant de quelques pas souples et furtifs, il la vit, une vingtaine de mètres plus loin. Elle l'attendait, distante, pour guider sa route dans ce labyrinthe végétal. Exhibition exubérante d'une multitude de nouvelles couleurs révélées par les lumières roses dispersées un peu partout.

***

Le jeune chasseur pouvait maintenant voir un nouveau jour se lever sur la forêt, non, *dans* la forêt. Rassuré par la présence de l'animal le devançant d'un pas assuré, il se laissait aller à la forêt. Ses pensées vagabondaient à la rencontre des racines rugueuses, de la moiteur vivifiante des champignons. Elles s'enivraient de l'odeur âcre et reposante du sol en fabrication sous les feuilles mortes et des grincements des branchages dont la discordance singulière soulignait mélodieusement l'immensité surplombante des arbres. Son esprit s'entremêlait dans cet incroyable réseau de ténèbres effleurées par la douceur des…

Des quoi d'ailleurs ? Si petites et pourtant si lumineuses, il n'arrivait pas à vraiment s'en approcher. C'est alors qu'il les touchait presque qu'elles semblaient disparaître pour réapparaître quelques centimètres plus loin. Puis, il lui paraissait percevoir un chuchotement tendre et amusé. Parfois, il aurait pu jurer entendre Aelfina rire. C'était trop fugace, et puis Aelfina ne riait sûrement pas, ou si elle le faisait, ce ne serait certainement pas à la manière d'enfants jouant ensemble à se taquiner. Absorbé par la danse de ces flammèches miniatures sur le relief acéré d'un tronc majestueux, le jeune vif se retourna brusquement, saisi : quelque part loin dans la canopée, un oiseau garrulait avec puissance. Loin des grincements et déchirements désagréables qu'il avait entendus quelques jours plus tôt, maintenant habitué à l'atmosphère propre à la forêt, ceux-ci s'étaient faits plus doux, il pouvait y entendre de délicates notes flûtées soutenant les jasements véhéments et plaintifs.

« Tout est si impressionnant, surprenant, majestueux et sublime ici, se dit-il, émerveillé, est-ce qu'Aelfina aurait réussi à me charmer ? Bien sûr que non, idiot ! Aelfina leurre les nôtres depuis aussi longtemps que les chamanes s'en souviennent. Toujours, elle les emmène au cœur de la forêt, là où la lumière de Qhusus et Kesis ne perce jamais. Là, dans une éternité de supplices atroces, elle les démembre, les disloque, les pétrit et les modèle en des bêtes féroces qui viennent traquer les nôtres pour la nourrir de nos esprits brisés. »

Les lourds pas molletonnés de la bête non loin de lui tirèrent Elerif de ses pensées. Il était assis dans les feuilles, le dos au creux d'un pli d'écorce, éclairé par une guirlande d'étincelles fuchsia qui lui passaient sur le dos des mains.

La mâchoire faillit lui en tomber. Plusieurs dizaines de minutes à essayer de les observer attentivement sans pouvoir s'en approcher suffisamment, et voilà qu'en quelques secondes d'inattention, elles venaient d'elles-mêmes se joindre à lui. Il ne pouvait d'ailleurs si bien dire lorsqu'il s'aperçut qu'elles ne se trouvaient pas à la surface extérieure de leur support, mais bien à l'intérieur. À l'intérieur des écorces, dans les lamelles des champignons, et maintenant sous sa peau. Sur l'instant, il manqua de s'étrangler de peur, mais le contact extrêmement râpeux, humide et légèrement visqueux de la langue de la bête sur son visage, suivi de la délicate pression de son museau froid et velu, lui redonnèrent respiration et calme.

Après tout, si la forêt ne l'avait pas encore tué ni dévoré vivant, que pouvaient bien faire de plus quelques éclats de lumière dans son corps que tout ce qu'il avait rencontré jusqu'à présent ? Il se releva tranquillement, ne prenant plus la peine d'épousseter les miettes de forêt qui s'accrochaient à lui, puis ils continuèrent leur cheminement parmi les colosses.

***

Cette fois, il en était persuadé. L'espace d'un instant, il l'avait vu, cette voix qui n'arrêtait pas de le suivre depuis qu'il était entré dans la forêt et l'incitait à observer et s'ouvrir à cet étrange monde. Jusqu'à présent, elle semblait avoir eu raison : la forêt, peut-être, ne représentait aucun danger, mais un espace de merveilles à couper le souffle. Il l'avait vue à quelques dizaines de mètres de lui, courant, sautillant et dansant comme un jeune enfant fantomatique. Un esprit à forme humaine, l'espace de quelques secondes avant de disparaître entre les troncs des petits arbres que le jeune vif venait de découvrir.

"Petit" était un bien grand mot pour des arbres qui dépassaient largement ceux que l'on pouvait parfois rencontrer dans la plaine. Nouvelle merveille : ceux-ci portaient des fruits oblongs, rappelant un peu les poires à l'exception de la puissante lumière turquoise qu'ils dégageaient. Ils étaient cependant bien trop haut pour être cueillis, il fallait s'y résoudre.

Se tournant vers son guide animal qui l'attendait patiemment au gré de ses nouvelles découvertes, c'est alors qu'il l'entendit. D'abord très légèrement, puis, s'avançant un peu, de plus en plus évocatrice, une voix était en train de chanter.

— Cette voix, Rashka ! dit-il à la bête, *Sa* voix ! Iuléé ! s'écria-t-il alors en s'élançant en courant dans la direction du chant. De toutes ses forces, de toute la vitesse dont il était capable, il gravit la pente d'une petite colline couverte d'arbres. Ses poumons sursollicités lui faisaient mal. Arrivé au sommet, il se trouva à la lisière d'une petite clairière au bord de laquelle poussait un arbre encore plus imposant que tous ceux qu'il avait vus dans la forêt. Ses racines sortaient en partie du sol et formaient un réseau complexe de branchages inversés. Son écorce était profondément craquelée jusqu'aux branches qui formaient un incroyable entrelacs portant des feuilles légères éclairées par la douce et intense lumière rougeoyante de Qhusus et Kesis.

Sur l'une de ses racines titanesques était assise Iuléé, chantant doucement un air dont les paroles ont été oubliées par le temps. Elerif s'arrêta net, malgré son impatience à la retrouver, la beauté de l'instant, la douceur de la mélodie se répercutant sur les troncs et se mêlant avec le frissonnement des feuilles. Elle ne l'avait pas vue. Les lumières pourpres des deux soleils traversaient en rayons les branches, puis les grandes racines de l'arbre central, illuminant tendrement Iuléé. Le jeune chasseur sourit en observant ses longs cheveux noirs, lisses comme la ténébreuse, voletant lentement devant son visage doré. Le bonheur illuminait ses yeux roux, pétillants, et ses lèvres qui appelaient à être embrassées.

Rashka s'élança sur le sol de la clairière, recouvert d'une herbe fine, et ponctué çà et là de fleurs carmin étoilées de jaune vif. Iuléé tourna la tête vers lui, et, voyant Elerif à la lisière, s'arrêta de chanter et sauta de racine en racine à leur rencontre. De même, le vif s'avança vers sa compagne avec un grand sourire, des larmes de joie et de tristesse montant à ses yeux.

— Iuléé !

— Elerif !? Qu'est-ce que tu fais là ? Je veux dire, tu es venu me chercher ?! Tu as combattu la terrible Aelfina pour me retrouver ?

— Non… Et peut-être oui. Je crois qu'elle m'a suivi le long de mon chemin jusqu'ici, et qu'elle m'a parlé, mais il y a pas eu de combat. C'était pas si horrible finalement…

Les feuilles des arbres environnants se mirent à frémir, trembler, s'agiter rythmiquement alors qu'aucun vent ne semblait en être la cause.

— Elle dit que c'est pas elle qui t'a suivi, répondit Iuléé, enfin pas de la manière que tu racontes.

— Tu veux dire que ces feuilles t'ont dit quelque chose ? Et tu les comprends ? Tu veux dire que la Rôdeuse Invisible s'exprime à travers les arbres ? Et puis d'ailleurs, qu'est-ce que tu fais là ?! T'as pas l'air prisonnière ni surveillée ! T'es venue de toi-même ? En m'abandonnant au camp ?

— Elerif ! Elerif, calme-toi ! murmura-t-elle en l'enlaçant étroitement et tendrement tout en fixant ses yeux de son regard cuivré.

— Je suis désolée. J'ai cru... J'ai cru que tu aurais trop peur pour venir. J'ai cru que les autres t'en empêcheraient ! sanglota-t-elle à son tour. J'ai cru que si je te disais ce qu'il se passait en moi, que je suis tombée amoureuse d'Aelfina, tu m'empêcherais de la rejoindre ici. Je suis désolée, j'ai douté de la force de ton amour, je comprends que j'ai eu tort.

Cette annonce le frappa de plein fouet. Son cœur lui brûlait, ses poumons semblaient refuser de lui ramener de l'air. Tout son être était meurtri. Elle était amoureuse d'Aelfina, qu'est-ce que ça voulait dire ? Elle ne paraissait pas pour autant rejeter son amour, maintenant qu'il était là, avec elle, au cœur de la forêt. Elle avait douté de lui, de la force de son amour pour elle. C'est ce qui était le plus douloureux, après tant d'années partagées. Elle n'avait pas eu tort, reconnut-il en son for intérieur en se remémorant les difficultés qu'il avait eues à surmonter sa peur, à avancer, encore et encore, malgré les obstacles et les jours passant. Son amour avait tenu, l'avait amené à elle, mais il avait dû quitter le clan, passer pour fou et suicidaire. Pour elleux, Iuléé et lui étaient probablement déjà morts. Pas sûr qu'iels soient de nouveau accepté·e·s dans la communauté.

— Moi aussi, répondit-il, moi aussi, j'ai douté. J'ai cru mourir tellement de fois. J'ai cru que c'était trop tard. J'ai même cru que tu avais été transformée en Rashka ! La pointe d'un léger rire amer flottait dans sa voix.

— Mais je suis finalement là, je t'ai retrouvée, pour te tirer des griffes d'Aelfina, et tu m'annonces comme ça que tu es venue de toi-même ! Que tu aimes la Rôdeuse Invisible qui terrorise et attaque notre clan depuis des centaines d'années ? Qu'est-ce que ça veut dire ? Elle n'est même pas là avec toi ! Est-ce qu'elle ne fait que te parler à travers les arbres ?!

— Schhh ! Ne l'appelle pas comme ça s'il te plaît ! Elle est si belle ! Elle est si vivante ! Si présente ! Elle ne mérite tellement pas ce nom que des vieux apeurés lui ont donné.

— Viens avec moi ! lui demanda-t-elle en tirant légèrement sur l'ouverture de sa manche de cuir souple. Il la suivit jusqu'à l'arbre central, sans dire un mot, le visage fermé. Iels grimpèrent sur les racines et elle lui demanda de s'asseoir en tailleur, les yeux fermés, en ouvrant ses sens à la forêt.

— Écoute le bruit des feuilles, le craquement des branches et des écorces. Respire l'odeur des feuilles tombées et des fleurs de la clairière. Touche sous ta main la vie qui s'étale tout autour de nous.

Prenant sa main pour la poser sur la racine, elle vit la flammèche rose qui dansait sous sa peau et sursauta. Un instant de surprise. Un instant de joie qui étirait son visage en un immense sourire.

— Bien. Maintenant, rappelle-toi les lumières roses dans la forêt. Et les fruits bleus ! Tu les as vus, les turquoises ?

— Oui, murmura-t-il d'une voix apaisée, au début, j'avais si peur, mais après… Je suis émerveillé. La forêt est si belle, si accueillante ! À quel point les anciens ont pu se tromper !? Si seulement il n'y avait pas Aelfina, je crois que j'y viendrais souvent. Je comprends pourquoi tu étais si curieuse et venais en cachette dans un pareil endroit ! La forêt est si merveilleuse. Moi aussi, je l'aime beaucoup.

— Je t'aime Elerif, mais parfois, tu m'exaspères par ton aveuglement et ton manque d'intuition et de compréhension. Elle soupirait désormais à son oreille, doucement, ce qui fit frissonner le jeune chasseur. Plus d'une semaine qu'iels n'avaient pas été si proches. Il se retourna lentement vers elle en ouvrant ses yeux. Il faisait bon, comme si la forêt maintenait une température idéale. Il plongea son regard dans les perles de feu percées d'un puits sans fond, et pendant une éternité, iels se regardèrent au fond de l'âme.

— Je peux ? souffla-t-il, son regard allant et venant de ses yeux à ses lèvres. Elle acquiesça de la tête, se parant de son lumineux sourire, et iels s'embrassèrent. Tendrement, puis de plus en plus fougueusement, passionnément, brûlant d'un désir qui ne pouvait maintenant plus être contenu.

Tout en continuant à s'embrasser, iels se déshabillaient mutuellement et s'allongeaient petit à petit sur les racines. Un instant, Elerif prit peur, il n'y avait pas de racine là où iels s'apprêtaient à s'étendre, blotti·e·s l'une contre l'autre. L'instant d'après, son dos touchait un support de bois. L'étonnement pu se lire sur son visage fatigué, mais il comprit bien vite, à la sensation du mouvement sur sa peau, que l'arbre se transformait pour leur offrir ce qu'il leur fallait. Un éclair de réalisation jaillit à travers ses yeux.

— C'est elle, n'est-ce pas ? Aelfina. Elle n'est pas une horreur, une prédatrice rôdant dans la forêt, elle *est* la forêt. Je comprends maintenant ! dit-il en ré-embrassant sa compagne.

— Mais pourquoi est-elle en train de nous aider ?

— C'est un peu sa manière de se joindre à nous. De partager avec nous cet instant de bonheur, d'énergie foisonnante et de créativité pure.

Le nouvel assemblage de racines fusionnées avait alors contourné le jeune couple et le dépassait en hauteur, tandis qu'une multitude de lumières roses commençait à éclairer l'intérieur de ce cocon bientôt entièrement fermé.

*****

***

Nul ne sut quelle sorte de magie avait pu unir les trois êtres ce jour-là, mais de leur jouissance tripartite naquit une nouvelle et éternelle alliance entre Aelfina et les vifs qui la rejoignirent. Elerif et Iuléé retournèrent au camp de leur clan et racontèrent leurs découvertes, enjoignant les autres à venir avec elleux pour visiter la forêt. Ce jour-là, de nombreuses disputes froissèrent l'atmosphère du camp, mais il fut finalement décidé que celleux qui le voulaient pouvaient aller voir par elleux-mêmes les merveilles d'Aelfina avec l'aide de leurs deux guides. Lorsque iels revinrent de leur expédition, les têtes pleines de rêves, iels trouvèrent le camp vide, abandonné. Les autres étaient partis.

Cette éternelle liaison, qui avait vaincu la peur ancestrale des vifs, fut consacrée par la naissance d'une nouvelle génération qui montra très vite sa capacité à manipuler la magie primaire. Iels décidèrent alors de s'appeler les Aelfs, « les gens d'Aelfina », qui, bien qu'iels n'abandonnèrent pas la plaine, visitaient régulièrement l'esprit sylvain qu'iels aimaient tant. Plus tard, celleux qui étaient restés fidèles à leurs légendes effroyables prirent le nom de Hirs, « les bâtisseurs ».

Mais pour nous, la plus importante des suites de cette union est la naissance de læ premier·e des nôtres, læ premier·e gnom. Aelfina ayant donné une partie d'elle-même pour donner vie et forme à ce qui avait guidé et soutenu Elerif au long de son périple.